AF219139

Rosengeflüster
Thriller

Autor

Tan   Prifti

Impressum   2020
Texte: Tan Prifti
Umschlag: Tan Prifti
Covergestaltung :   Tan Prifti
Motiv : Rosengeflüster

Herstellung und Verlag:
BoD - Books on Demand, Norderstedt
ISBN Print : 9783752688382
E – Book
Korrektur/Lektorat: cle-lektorat
www.cle – lektorat.de

Sämtliche Figuren und Ereignisse dieses Buch sind frei erfunden.

Ein Besonderer Dank geht an cle – Lektorat, der das Buch ermöglicht hat. Vielen Dank.

Tan Prifti

ROSENGEFLÜSTER

Thriller

Das Buch

ROSENGEFLÜSTER ist ein spannender Thriller. Atemberaubend bis zur letzten Seite des Buches.

Daisy ist ein zweiundzwanzigjähriges, ehemaliges Waisenkind, das an seinem Leben verzweifelt. Nachdem sie eine Einladung eines unbekannten Regisseurs, Dan Black, zu einer Party erhalten hat, beginnt sich ihr Leben zu verändern. Hoffnungslos, aber auf der Suche nach Licht im Tunnel ihres Lebens, vielleicht sogar dem Dieb ihres Herzens.. Eine Liebe mit Zweifeln, die zwischen Angst und Furcht ein großes Geheimnis enthüllt. Wo die Seelen zum Leben erweckt werden, liegt das Geheimnis. Angst und Panik sind Begleiter ihres Lebens, aber nicht der Herrscher des Geistes. Frauen und Mädchen verschwinden spurlos. Der Mörder ist unbekannt und die Leichen werden nicht gefunden, bis Daisy alles aufdeckt. Wie die Geschichte ausgeht, erfahren Sie am Ende des Buches. Ich danke Ihnen und wünsche Ihnen eine angenehme Lektüre.

Der Autor

Tan Prifti, geboren im Oktober 1972 in der Stadt Durres, einer Küstenstadt in Albanien. Er lebt in Deutschland und ist glücklich verheiratet. Angefangen zu schreiben hat er schon in seiner Kindheit. In seinen Schriften lässt er sich von beiden Sprachen inspirieren und verwendet diese Buchstaben unter seiner Feder als Kristalle auf weißen Blättern. Ich schreibe gerne über jedes Thema, sagt er, sowohl für Kinder als auch für Erwachsene, weil ich der Autor für alle sein möchte. Im Jahr 2015 wurde eine seiner Geschichten im Radio vorgetragen. Eins seiner Gedichte wurde im Jahr 2019 von der Jury ausgewählt und ist in der Bibliothek deutschsprachiger Gedichte veröffentlicht.

Sein Wahlspruch:
Schreiben ist die stille Melodie vom Bleistift
auf einem Stück Papier.

Sein Blog: autortanprifti.jimdoofree.com

Facebook: Autor Tan Prifti

Bekannte Bücher in deutscher Sprache:

* Sohen – Unvergesslicher Bruder*
https://www.bod.de/buchshop/catalog-
search/result/index/?
q=Prifti+Tan&cont_id=2353111
https://www.amazon.de/Sohen-Unver-
gesslicher-Bruder-Tan-Prifti-
ebook/dp/B086H2CK93/ref=mp_s_a_1_3
?
dchild=1&keywords=tan+prifti&qid=16
01139388&sprefix=tan+p&sr=8-3

Der Klang des Todes
https://www.amazon.de/Klang-Todes-1-
Tan-Prifti-
ebook/dp/B081H6D8ZG/ref=mp_s_a_1_
1?
dchild=1&keywords=tan+prifti&qid=16
01139436&sprefix=tan+p&sr=8-1

Geschichten voller Fantasie
https://www.amazon.de/dp/B08KFW4P8
1/ref=mp_s_a_1_4?
dchild=1&keywords=tan+prifti&qid=16
01465143&sprefix=tan+p&sr=8-4

Gedichte
https://www.amazon.de/Gedichte-Er-
schütterte-Gedanken-Weisheiten-Sprü-
che-
ebook/dp/B0843F9PD4/ref=mp_s_a_1_7?
dchild=1&keywords=tan+prifti&qid=16
01139436&sprefix=tan+p&sr=8-7

Der sprechende Pelz.

https://www.amazon.de/sprechende-Pelz-Eine-Weihnachtsgeschichte-ebook/dp/B07V2Y9DZB/ref=mp_s_a_1_4?dchild=1&keywords=tan+prifti&qid=1601139436&sprefix=tan+p&sr=8-4

Alle Bücher findet man sowohl bei Amazon als auch in jedem Online-Shop, BoD, Thalia, Weltbild, Google, etc

Inhalt

Kapitel 1

Manchmal ist es nur eine kleine Sache, die dein Leben verändert. Es kann ein Anruf sein, vielleicht ein Angebot – oder vielleicht ein gewöhnlicher Briefumschlag, so wie in meinem Fall.

Ich hätte nie gedacht, dass ein einfacher Briefumschlag meinen Tag, ja mein ganzes künftiges Leben so sehr verändern könnte.

Als das geschah, arbeitete ich als Kellnerin in einer Bar in dieser kleinen Stadt. Ich war zweiundzwanzig Jahre alt. Meine Eltern trennten sich, kurz nachdem ich geboren wurde, und so wuchs ich in einem Waisenhaus auf.

Meine Mutter starb früh an einer Überdosis Drogen. So wie sich das verfluchte Pulver in ihrem Blut auflöste, löste sich auch ihr gesamtes Leben auf.

An meinen Vater, der uns beide verlassen hat, als ich erst ein paar Monate alt war, erinnere ich mich überhaupt nicht mehr. An ihn denke ich nur als an *das Arschloch.*

Viel später habe ich erfahren, dass er angeblich in Mexiko wegen Drogengeschäften getötet wurde. Wie auch immer, für mich ist er jedenfalls tot, denn für mich war er nie da. Es ist schwer, andere zu beurteilen, ohne ihre Beweggründe wirklich zu kennen, aber es ist noch schwerer, von den Eltern oder einem Elternteil verlassen zu werden.

Für manche Menschen ist das Leben wie Butter auf dem Brot und für andere eher wie Öl im Feuer. Ich gehöre mit meiner beschissenen Kindheit definitiv zur zweiten Kategorie. Manchmal wünschte ich mir, ich wäre nie geboren worden – aber das entscheiden wir Menschen nicht.

Ich hatte keine Geschwister. Während meiner Schulzeit war ich immer allein und verhielt mich meist problematisch, weil ich Regeln hasste.

Nachdem ich das Waisenhaus verlassen hatte, begann ich als Kellnerin zu arbeiten; was sollte ich sonst tun? Ehrlich gesagt hasste ich die Menschen im Allgemeinen, insofern war dieser Job sicher nicht der allerbeste für mich aber ich musste ja etwas tun, um die Miete zu bezahlen.

Also hatte ich keine Wahl und kellnerte lieber, was unter den möglichen Alternativen noch das Beste war. Manchmal gehen wir, ob absichtlich oder nicht, Wege, die uns und unser ganzes Leben in die falsche Richtung führen.
Übrigens, ich heiße Daisy, Daisy Roegel.

Die Geschichte, die ich zu erzählen habe, beginnt mit diesem einfachen Briefumschlag.
In der kleinen Stadt, in der ich lebe, kennen sich fast alle. Die meisten sind ältere Leute, alle mit denselben ausdruckslosen Gesichtern. Als ich zum ersten Mal in diese Stadt kam, erschien sie mir wie eine Geisterstadt. Alles war so still, alle Häuser sahen gleich aus, die Straßen waren menschenleer, und es gab als einzige Abwechslung diese eine Bar. Eine richtig öde Kleinstadt, dachte ich. Aber im Großen und Ganzen passte sie perfekt zu meinem Typ. Und es störte mich auch überhaupt nicht, dass die zwei, drei Jungs, die es

gab, hauptsächlich mit der Viehzucht beschäftigt waren. Mich interessierte niemand dort. Und bis zu einem gewissen Punkt habe ich mich immer glücklicher gefühlt, wenn ich allein war.

Meine Freundin Maggie sieht das anders. Sie hat einmal eine Nacht mit einem dieser Jungs verbracht, Sie wissen schon, und daraus ist eine Beziehung entstanden, die vielleicht in einer Ehe münden wird. Ich gönne es ihr, denn Maggie hat es verdient, glücklich zu sein. Sie ist zwei Jahre älter als ich, und wir beide verstehen uns sehr gut – auch wenn wir uns des Öfteren grundlos streiten, aber immerhin nicht wegen Jungs.

Ich habe Maggie in der Bar kennengelernt, in der ich heute arbeite. Ich erinnere mich noch genau an den Tag, an dem ich in die Stadt kam und bei der Bar anhielt, um etwas zu essen. Tatsächlich suchte ich einen Job und ein Dach über dem Kopf. Da kam Maggie lächelnd auf mich zu und fragte mich, wie sie mir helfen könne. In diesem Augenblick begann unsere Freundschaft, und heute sind wir fast wie Geschwister.

Und so fing ich an, in der Bar von Onkel Jonny zu arbeiten. Später fand ich auch noch die Wohnung, in der ich heute lebe, und auch das verdanke ich Maggie.
Sie hat eine Familie mit Vater und Mutter, nicht so wie ich.

Und ihre Eltern sind, wenngleich ziemlich arm, sehr nett. Sie haben ein altes Häuschen mit einem kleinen Hof. Draußen auf dem Hof sitzt Maggies Vater oft, und immer wenn ich sie dort besuche, muss ich lachen, weil der Stuhl, auf dem er sitzt, wackelt und knirscht wie in einem alten Western. In jedem Fall sind diese Leute glücklich und zufrieden mit dem, was das Leben ihnen geschenkt hat.
Meine eigene Wohnung ist klein, aber gemütlich. Und immerhin ist die Miete günstig. Am besten gefällt mir das große Fenster in meinem Schlafzimmer, durch das ich jede Nacht zu den Sternen am Himmel schaue und von vielen Dingen träume. Oft sind die Dinge, von denen ich träume, so schön, dass ich gerne in dieser Welt bleiben möchte, aber oft sind sie auch ein wahrer Alptraum.

Mein Leben besteht im Wesentlichen aus der Arbeit in der Arbeit und dem Alleinsein zuhause. Ich höre lieber Musik als fernzusehen und lese gern Liebesromane. Ich habe viele Ängste, auch ausgelöst durch die Alpträume, und fühle mich deshalb oft unsicher, vor allem in der Öffentlichkeit.

Vielleicht ist das einer der Gründe, warum ich keinen Freund habe. Vielleicht fällt es einem Mann nicht leicht, bei jemandem wie mir zu bleiben.
Ich hoffe auf etwas Schönes, auf etwas ganz Besonderes, auf eine bezaubernde Liebe. Vor allem aber wünschte ich mir, dass immer jemand in meiner Nähe wäre. Aber bisher verläuft mein Leben eher wie das eines Schiffes, das ständig gegen die Wellen ankämpft, oder sogar wie ein Krieg gegen die Windmühlen wie bei Don Quijote.

Wie jeden Tag nach dem Aufwachen ging ich mit einer Tasse Kaffee zum Briefkasten. Normalerweise hatte ich von der Post nichts anderes zu erwarten als Rechnungen, die zu bezahlen waren. Deshalb freute ich mich, dass diesmal offenbar keine Forderungen dabei waren. Nur ein einzelner Briefumschlag mit meinem Namen darauf, aber ohne Absender, lag heute im Kasten. Sofort wurde ich neugierig und öffnete den Umschlag.

"Sehr geehrte Frau Roegel, …"

Es war eine Einladung zu einer Party, und hier fand ich auch den Namen des Absenders. Ein Filmregisseur namens Dan Black.

Ich traute meinen Augen nicht und schaute mir Umschlag und Anrede noch einmal genau an. Aber kein Zweifel, dieser Brief war an mich adressiert. *Aber wer will jemanden wie mich kennenlernen, eine einfache Kellnerin, ein Waisenkind, das nichts vom Leben weiß?*

Außerdem war ich noch nie auf einer Party gewesen.

Party bedeutete für mich eine Flasche Wein oder Gin, die ich zuhause trank, allein oder allenfalls mit Maggie, und am nächsten Tag mit Kopfschmerzen aufwachte.

Da diese Einladung aber nun mal da war – die angegebene Adresse war ein Stück entfernt, ein Ort, von dem ich noch nie zuvor gehört hatte –, fragte ich mich ernsthaft, ob ich hingehen solle oder nicht.

Wie soll ich mich anziehen? Wer wird noch dort sein? Wer ist dieser Regisseur? Warum geht diese Einladung ausgerechnet an mich?

Und wie soll ich dorthinkommen? Seit ich hierhergekommen bin, habe ich die Stadt nie mehr verlassen.

Ich beschloss, das Ganze mit Maggie zu besprechen. Sie würde mir helfen und mir den richtigen Rat geben, was zu tun war. Da es ohnehin an der Zeit war, zur Arbeit zu gehen, machte ich mich auf und ging zur Bar.

"Hallo Maggie", grüßte ich meine Freundin.

"Hi Daisy", sagte sie, wie immer mit einem herzlichen Lächeln, wirkte aber ein wenig fahrig.

"Bist du gerade ein wenig gestresst?", fragte ich.

"Alles okay", antwortete sie, während sie sich auf die Zubereitung des Sandwiches konzentrierte, das vor ihr auf der Arbeitsplatte lag.

"Ich muss mit dir reden, wenn wir Pause haben", raunte ich ihr zu.

Sofort wurde Maggie neugierig.

"Sag doch, Daisy, was ist denn?", fragte sie und knallte den Deckel auf ihr Sandwich.

Sie brachte es beinahe im Laufschritt an den Tisch des Gastes und kam wieder zu mir zurückgehastet.

"Also sag schon, was ist passiert, Daisy?", drängte sie, fasste mich an der Hand und zog mich aus der Bar in den Hinterhof, den wir als Raucherecke benutzten. Wir zündeten uns beide eine Zigarette an und nahmen einen tiefen Zug.

"Also los!", forderte mich meine Freundin auf, "jetzt berichte."

Also berichtete ich ihr von dem ominösen Briefumschlag und zeigte ihr diesen auch.

Sie starrte den Umschlag an, öffnete ihn dann und las lautlos und nur mit Lippenbewegungen die Einladung.

"Das ist ja genial, Daisy", sagte sie schließlich. "Vielleicht ist jetzt der Tag gekommen, an dem das Glück endlich auf deiner Seite ist."

Ich unterbrach sie sofort in ihrer Euphorie.

"Kannst du mir denn etwas über diesen Regisseur sagen?", fragte ich sie.

"Ich kenne den Namen und weiß, dass er nicht unbekannt ist. Allerdings weiß ich nicht, welche Filme er gemacht hat.

Einmal habe ich von ihm in der Zeitung gelesen, da war auch ein Foto dabei. Und soweit ich mich erinnern kann, sah er ziemlich charmant aus."

"Okay, okay, aber warum gerade ich, Maggie?

Was zum Teufel will ein bekannter Regisseur von mir? Was soll ich dort? Ich passe doch nicht zu dieser Sorte Menschen."

"Sei nicht dumm, Daisy", beschwor mich meine Freundin. "Das ist vielleicht eine Gelegenheit, mehr aus deinem Leben zu machen. Die solltest du nutzen. Der Mann wird sich schon etwas dabei gedacht haben, dich einzuladen. Vielleicht war er mal hier, und du hast ihm gefallen", grinste sie.

"Ja, das kann alles sein", meinte ich nachdenklich. "Aber was ziehe ich da an?"

"Da hätte ich etwas für dich", sagte Maggie. "Ich habe noch ein sehr schönes Kleid im Schrank, das mir nicht mehr so richtig passt, aber für dich wäre es genau richtig. Nach der Arbeit kommst du einfach mit zu mir und probierst es an, okay?"

Maggies Optimismus konnte zwar meine Skepsis nicht ganz wegwischen, beruhigte mich aber doch ein wenig. Wir gingen zurück in die Bar und arbeiteten weiter.

"Oh, schon wieder ein vermisstes Mädchen!", hörte man Mick plötzlich sagen und auf den

kleinen Fernseher in der Ecke zeigen. Mick war ein Stammkunde, ein älterer Mann um die Sechzig. Wir schauten kurz auf, konzentrierten uns dann aber wieder auf die Arbeit. Solche Nachrichten waren in der Welt, in der wir mittlerweile lebten, ja fast schon alltäglich.

Die Stunden vergingen wie im Flug, obwohl ich keine Ruhe fand, weil ich mir weiterhin den Kopf zerbrach, ob ich nun zu dieser Party gehen sollte oder nicht. Eigentlich war mir sogar nicht danach, andererseits war ich natürlich neugierig. Letztlich beschloss ich, die Einladung anzunehmen. Zu dieser Entscheidung trug auch bei, dass das Kleid, das Maggie mir zeigte, wirklich wie für mich gemacht zu sein schien.

Die Party sollte am Samstag stattfinden, einem Tag, an dem ich normalerweise arbeiten musste. Also tauschte ich mit einer Kollegin und ging am Freitag in die Bar.

Der Besitzer ist ein sehr netter Mann. Sein Name ist Jonny, und er ist in den Siebzigern. Er ist ein Mann mit einem großen Herzen. Wie oft haben wir ihm gesagt:

"Hey Jonny, du bist zu gut für diese Welt und schlecht für dich selbst." Er lachte dann nur.

Er hatte erst kürzlich seine Frau verloren und keine Kinder. Maggie und mich behandelte er, als seien wir seine Töchter.

Ich erzählte ihm nichts von meiner Einladung, weil ich wusste, dass er sich dann unnötige Sorgen machen würde.

Der Samstag war da. Ich war so aufgeregt, dass ich gar nicht mehr wusste, wie ich die Zeit herumbringen sollte.

Ich hatte kurz überlegt, mit dem eigenen Auto zu der Party zu fahren, befürchtete aber, die alte Kiste könnte mitten auf der Strecke liegenbleiben. So beschloss ich, ein Taxi zu nehmen. Dieses kam überpünktlich, und es konnte losgehen. Die Fahrt sollte etwa eine Stunde dauern, somit würde ich etwa gegen acht Uhr dort sein.

Der Herbst war gekommen, und aus dem Fenster schaute ich auf die Bäume, die ihre Blätter schon fast vollständig verloren hatten. Der Taxifahrer sprach kein Wort. Ein unbestimmtes Gefühl der Angst überkam mich, obwohl es doch keinen Grund dafür gab. *Ich lasse mich einfach überraschen,* versuchte ich mich selbst zu beruhigen.

Vielleicht ist ja heute tatsächlich mein Glückstag. Aber was zum Teufel soll ich dort? Ich habe nicht einmal einen Schulabschluss. Nur weil ich vielleicht gut aussehe? Sehe ich überhaupt gut aus?

Ich habe nie groß über mein Aussehen nachgedacht. Ich kleide mich, wie ich will, und esse, auf was ich Lust habe. Ich mache einfach gerne, was ich will.

Das Taxi fuhr langsam und gemütlich auf seiner Straße dahin, vorbei an weiten Feldern und durch Wälder.

"Bald sind wir da", hörte ich nun zum ersten Mal, seit wir losgefahren waren, die Stimme des Fahrers.

"Ich habe eine Frage", nahm ich meinen ganzen Mut zusammen. "Kennen Sie den Regisseur, zu dem wir fahren?"

"Ja, ich kenne ihn", antwortete der Mann und musterte mich im Rückspiegel. "Kennst du ihn nicht? Ich dachte, du bist eine Schauspielerin, die vielleicht mit ihm arbeitet?"

"Ja, ich bin schon Schauspielerin, aber keine sehr bekannte", stammelte ich und bereute die Lüge im nächsten Augenblick.

"Ich habe einige seiner Filme gesehen", sagte der Fahrer und wollte gerade weiterreden, als von draußen unvermittelt ein zischendes Geräusch zu vernehmen war und das Auto leicht zu schleudern begann. Der Mann packte das

Lenkrad fester und lenkte das Taxi an den Straßenrand.

"Oh verdammt, das fehlte jetzt gerade noch!", fluchte er.

"Was ist passiert? Haben wir ein Tier überfahren?", fragte ich panisch. Mein Herz war fast stehengeblieben. Es war mittlerweile stockdunkel, und nun standen wir hier auf der einzigen Straße weit und breit.

Die Bäume schwankten im Wind, und ihr Knistern und Knirschen klang unheimlich.

"Keine Sorge", sagte der Taxifahrer, "es ist nur ein Reifen geplatzt.

Das kriege ich schon wieder hin. Bleib du nur hier drin, ich bin gleich wieder da."

Er stieg aus, öffnete den Kofferraum und machte sich dann mit dem Wagenheber an der Seite des Taxis zu schaffen.

Ich blieb im Auto sitzen, und wieder fing mein Herz an zu pochen.

Was suche ich hier mitten in der Einöde in stockdunkler Nacht? Wie konnte ich nur so verrückt sein, diese Einladung anzunehmen. Plötzlich hörte ich etwas in der Ferne. *Ob die Party bis hierher zu hören ist?* Es klang tatsächlich wie eine Stimme, aber ich verstand nicht wirklich, was es war. Vielleicht war es auch die Angst, die mir irgendetwas vorgaukelte.

"Erledigt!" Mit diesen Worten stieg der Taxifahrer wieder ein und fuhr los. Ich hatte überhaupt nicht mitbekommen, dass er den defekten Reifen und den Wagenheber bereits wieder im Kofferraum verstaut hatte.

"Haben Sie das vorhin gehört?", fragte ich ihn zaghaft.

"Was gehört?", fragte er erstaunt. "Außer meinem Geschnaufe beim Reifenwechseln und dem Rauschen der Bäume war da draußen doch überhaupt nichts zu hören."

Vermutlich hält er mich für verrückt, dachte ich und fragte:

"Wie weit ist es noch?"

"In einer halben Stunde sind wir da", antwortete er.

Noch eine halbe Stunde Zeit, um darüber nachzugrübeln, was zum Teufel ich bei diesem Fest wollte. Eine berufliche Gelegenheit? Eine Liebe? Ich war völlig durcheinander, und die Angst vor dem Ungewissen kam dazu.

Endlich sah ich Lichter vor uns. Das Taxi hielt an.

"Wir sind da, Mädchen", sagte der Taxifahrer. "Das macht fünfzig Dollar."

Fünfzig Dollar waren eine Menge Geld für mich, aber es half nichts. Ich bezahlte den Taxifahrer, verabschiedete mich und stieg aus. Er wünschte mir einen schönen Abend und meinte, ich würde ihn wohl heute nicht mehr brauchen, bevor er losfuhr und in der Nacht verschwand.

Ich ging unschlüssig auf das Tor des Anwesens zu. *Das ist eine ziemlich dumme Idee, zu einer Party zu gehen, auf der du niemanden kennst,* dachte ich. *Aber die Neugier hat dich hier hergebracht.*

Und Maggie hat ja gemeint, vielleicht wird das mein Glückstag. Nun stand ich hier, und es gab kein Zurück mehr. Vielleicht würde das ja tatsächlich der Tag meines Lebens.

Kapitel 2

Als ich mich der Tür näherte, hörte ich wummernde Bässe aus dem Innenhof und ein Stimmengewirr. Die Mauer, die die Villa umgab, war dicht mit roten Rosen bewachsen. Was ich von dem Haus sehen konnte, gefiel mir sehr. Es wirkte wie aus einer anderen Welt, meilenweit von der nächsten Stadt entfernt und nur über eine einzige Straße erreichbar.

Noch bevor ich mich nach einer Türklingel umschauen konnte, öffnete sich die Tür, und ein Bediensteter in einem schwarzweißen, frackähnlichen Anzug ließ mich lächelnd ein. Ich ging ein paar Schritte in den asphaltierten Innenhof hinein und merkte, wie bereits die Musik Besitz von mir ergriff. Meine Hände begannen sich zu bewegen wie im Tanz.

Ja, ich liebe Musik, sie ist für mich Leben und Therapie zugleich, beruhigt Geist und Seele.

Der komplette Hof war ebenfalls mit roten Rosen dekoriert, die jedoch auf den ersten Blick künstlich wirkten und nicht echt. Vom Haupteingang der Villa führte eine Treppe hinunter zum Hof, wo sich auf der rechten Seite ein runder Pool befand, in dem einige Mädchen badeten und lautstark herumalberten.

Das ist aber mutig, um diese Jahreszeit noch draußen zu baden, dachte ich, bevor mir klar wurde, dass der Pool vermutlich beheizt war.

Während ich dem Treiben der weiblichen Badenixen zusah, hörte ich plötzlich eine Stimme hinter mir.

"Hallo, hübsche Frau."

Ich drehte mich um und erblickte einen Mann in den Fünfzigern, der geschmackvoll und modern, eben wie ein Gentleman gekleidet war.

"Du musst Daisy sein", fuhr er fort und musterte mich mit einem Lächeln. Ich war etwas verwirrt und überlegte, woher der Mann meinen Namen kannte. Ich jedenfalls, da war ich sicher, hatte ihn noch nie gesehen.

"Ja, ich bin Daisy, aber Sie kenne ich nicht", sagte ich unsicher. "Ich kenne nicht einmal den Veranstalter dieser Party, der mir die Einladung geschickt hat."
"Er steht vor dir, schöne Frau", sagte er und lächelte mich weiter an.
Ich spürte meine Wangen brennen. Vermutlich waren sie so rot wie die Rosen. Ich versuchte mich zu sammeln.
"Dann sind Sie der Regisseur Dan Black und gleichzeitig der Absender meiner Einladung?" fragte ich und sah ihm lächelnd in die Augen.
"Genau der bin ich, Daisy", sagte Dan. "Und es wäre mir eine Ehre, dir alles hier zu zeigen."
Er nahm meinen Arm und führte mich auf dem Innenhof umher. Ein schwarzer, steinerner Ring an seiner linken Hand erregte meine Aufmerksamkeit. Er sah tatsächlich aus wie ein kleiner Sarg und wirkte auf mich, als würde sich jeden Moment der Deckel öffnen

und irgendetwas Bedrohliches herauskom-
men. Ein seltsamer Anblick war das, und es
schauderte mich ein wenig.
Black sah meinen Blick und spürte vielleicht
auch mein Unbehagen.

"Das ist ein Familienerbstück", sagte er kurz
angebunden. Ich fragte nicht weiter, wusste
ich doch aus eigener Erfahrung, dass die Er-
innerungen an die Familie oftmals schmerz-
lich sind. Ich selbst besitze nur ein einziges
Foto, auf dem ich mit meinen Eltern zu sehen
bin, sonst nichts.

Der Rhythmus der Musik ließ meinen Körper
weiterhin vibrieren und schien mich in eine
andere, unwirkliche Dimension zu führen.
Einige der Gäste um den Pool herum hatten
sichtlich Spaß am Tanzen und küssten sich
innig, während ich mit einem durchaus attraktiven Mann umherlief, den ich nie zuvor
getroffen hatte. *Wie schade, dass der Taxifahrer nicht mehr über ihn wusste,* dachte ich
bedauernd.
Mittlerweile waren wir am Haupteingang der
großen Villa angekommen und gingen hinein.

Einen so riesigen Korridor hatte ich noch nie gesehen. Überall hingen teuer und wertvoll aussehende Gemälde an den Wänden, die den Eindruck vermittelten, als seien sie lebendig und hüteten irgendwelche Geheimnisse. Gott allein würde wissen, was das alles gekostet haben musste.

"Sie haben mir bisher nicht gesagt, Herr Black, warum Sie mir eine Einladung geschickt haben, obwohl wir uns doch gar nicht kennen und gar nichts über mich wissen", sagte ich.

"Oh, nenn mich doch bitte Dan", sagte mein Gastgeber. "Ich weiß alles über dich und habe dich mit einer bestimmten Absicht eingeladen. Aber lass uns das doch für später aufheben; wir sind doch hier auf einer Party, also lass uns Spaß haben."

Und plötzlich küsste er mich auf den Mund. Ich zuckte zurück und sagte hastig:

"Hey, bleib ruhig, das hier ist nicht einer deiner Filme."

Er schaute etwas irritiert drein, sagte aber nichts. Als ich bereits dachte, er habe verstanden, dass ich so leicht nicht zu haben war, und mich herumdrehte, um in den Hof zurückzudrehen, hielt er mich fest und näherte sich mit seinen Lippen meinem Ohr.

"Du bist so wunderschön", hauchte er und versuchte mich erneut zu küssen.

Wieder stieß ihn von mir.

"Du bist ja ganz schön ungeduldig!", sagte ich, lächelte aber dabei.

Schließlich war ich doch auch ein wenig geschmeichelt, dass sich ein Mann über fünfzig wegen mir wie ein ungeduldiger Teenager benahm. Gleichzeitig war ich weiterhin ziemlich beunruhigt darüber, was hier ablief.

"Komm, lass mich dir weiterhin die Villa zeigen", insistierte Black und zog mich sanft den Korridor entlang. Ein klein wenig fühlte ich mich wie eine Prinzessin, begleitet von einem sehr geheimnisvollen Prinzen. Dan war in der Tat ein gutaussehender Mann; seine Haare begannen zwar, weiß zu werden, passten aber sehr gut zu seinem scharfgeschnittenen Gesicht und den braunen Augen.

Wir gingen die Treppe hinauf, und Dan führte mich durch die Zimmer, die allesamt sehr geschmackvoll und gediegen, aber nicht protzig eingerichtet waren. Anschließend verließen wir das Haus und überquerten erneut den Hof. Dan wurde von vielen Leuten angesprochen und begrüßt und lächelte nach allen Seiten, ohne meinen Arm loszulassen.

"Es ist wirklich sehr schön hier", sagte ich, "ein wirklich tolles Anwesen."

"Ja, mir gefällt es auch", sagte Dan. "Ist alles nach meinen Vorgaben gestaltet worden. Aber etwas Entscheidendes fehlt."

"Und das wäre?", fragte ich.

"Eine Frau. Eine schöne Frau", antwortete er, und ein melancholischer Ausdruck legte sich über sein Gesicht. "Ich bin ja immer unterwegs wegen meinen Filmen, und niemand wartet zuhause auf mich."

"Und deshalb hast du mich eingeladen? Sag, dass das nicht wahr ist", sagte ich ungläubig.

"Naja, eingeladen habe ich dich in erster Linie deshalb, weil ich eine Schauspielerin für eine ganz besondere Rolle brauche, und du bist perfekt dafür", sagte Dan.

Ich war total verwirrt.

"Dan, ich weiß nicht, was ich sagen soll. Wie kannst du annehmen, ich sei die perfekte Besetzung für eine Filmrolle, wenn du mich überhaupt nicht kennst?

Raus mit der Sprache!", entfuhr es mir etwas schärfer als geplant.

Dan legte sanft die Hände um meine Taille.

"Komm, lass uns tanzen. Nachher werde ich dir alles erzählen."

Ich ließ es geschehen, und wir tanzten schweigend. Dan zog mich dicht an sich, und wir wiegten uns im Rhythmus zu den Klängen der Musik, die jetzt sanft und langsam klang. Dan war ein ausgezeichneter Tänzer, und trotz meiner Bedenken genoss ich seine Aufmerksamkeit.

Nach dem Tanz gingen wir zu einem der livrierten Bediensteten und holten uns etwas zu trinken. Ich wählte einen Gin und gleich danach noch einen. Während ich trank, schaute ich mich um. Die Rosen an den Wänden des Innenhofs wirkten wie stumme Zeugen, die alles beobachteten.

Trotz meines fortschreitenden Alkoholkonsums war mir aufgefallen, dass Dan mich keinem der anderen Gäste vorgestellt hatte. Das fand ich ungewöhnlich, wenngleich ich nicht unbedingt an neuen, oberflächlichen Bekanntschaften interessiert war. Und was wusste ich schon von den Regeln einer Party?

Dan wich nicht von meiner Seite, und als mir die Themen für den Smalltalk ausgingen, kam ich wieder zurück zu meinem eigentlichen Anliegen.

"Wirst du mir jetzt alles erzählen, Mister Black?", fragte ich etwas spitzer als beabsichtigt.

"Du bist ganz schön ungeduldig, Daisy, regelrecht stur", sagte der Regisseur mit einem Lächeln. "Aber komm, lass uns hineingehen, dann erzähle ich dir alles."

Wieder fasste er meinen Arm und führte mich Richtung Treppe. Auf halbem Weg kam uns eine Frau entgegen, die ein bodenlanges Kleid mit einem tiefen Ausschnitt trug und auf ihren Pfennigabsätzen etwas unsicher wirkte.

"Hey Dan, du hast uns die Schönheit an deiner Seite noch gar nicht vorgestellt", rief sie ihm ein wenig undeutlich entgegen.

"Hallo Beata", lächelte Dan die Frau an und ignorierte ihre Aufforderung.

Wir gingen weiter. Als die Frau außer Hörweite war, fragte ich:

"Wer war das?"

"Ach, das ist Beata. Sie war einmal eine gute und gefragte Schauspielerin, aber seit sie Probleme mit dem Alkohol hat, bekommt sie keine Rollen mehr."

Obwohl ich die Frau nicht kannte, fühlte ich Mitleid für sie in mir aufsteigen.

Mittlerweile war es nach Mitternacht. Der Wind hatte sich beruhigt, der Himmel sternenklar und der Mond fast voll. *Auch der Herbst hat seine schönen Seiten,* dachte ich.

Wir gingen ins Haus und erreichten über die Treppe das obere Stockwerk. Mein Gastgeber öffnete eine der vielen Türen und führte mich in eine Art Wohnzimmer. Kaum hatte er die Tür wieder geschlossen, ertönte plötzlich eine Stimme aus dem Nichts.

"Hallo Mister Black, was kann ich für dich tun?"

Ich war erschrocken und schaute mich um, sah aber niemanden, der sich hinter dieser Stimme versteckte.

"Danke Scosta, ich brauche nichts. Heute Abend habe ich alles, was ich brauche", sagte Dan und schaute mich dabei an. "Entschuldige bitte, Daisy, falls wir dich erschreckt haben sollten. Das ist Scosta, mein Supercomputer. Er ist wie ein Butler und besitzt ein ganz spezielles Programm, von dem ich dir gleich erzählen werde. Faszinierend.

Aber lass es uns doch zuerst gemütlich machen, Liebes, und noch etwas trinken."

Ich setzte mich auf ein sehr bequemes Sofa, das mit weichem Leder bezogen war. Dan ging zu einer kleinen Hausbar in der hinteren Ecke des Zimmers und kam mit zwei Gläsern Gin zurück. Er setzte sich dicht neben mich, und mir stießen an. Beim Trinken schaute mir Dan tief in die Augen, bis ich verlegen wegsah. Ich war sehr verwirrt von dem, was ich hier erlebte, und vermutlich auch ein bisschen betrunken. Gleichzeitig genoss ich die Aufmerksamkeiten eines sehr attraktiven Mannes – so oft wurde ich ja auch nicht ›Liebes‹ genannt. Trotzdem hatte ich mir noch einen letzten Rest Verstand und Widerstandskraft bewahrt, denn mir war natürlich klar, was mein Gastgeber wollte, und als dieser nochmals näher an mich heranrückte, zog ich mich ein wenig zurück und sagte:

"Dan, ich möchte, dass du mir jetzt alles erzählst.

Alles über dieses faszinierende Programm auf deinem Butler-Computer und alles über deine Einladung an mich."

Dan zuckte ein wenig zurück und schien etwas verletzt zu sein. Er holte tief Luft und begann zu erzählen.

"Wie ich schon sagte, Daisy, suche ich sowohl eine bestimmte Schauspielerin als auch eine echte Frau in meinem Leben. Das ist die reine Wahrheit. Und mein Supercomputer hat diese Frau gefunden – dich. Über ein Hologramm. Dieser Computer ist nicht wie jeder andere, er hat eine künstliche Intelligenz und kann fast denken wie ein Mensch. Ist das nicht toll?", fragte Dan stolz.

Ich war viel zu perplex, um etwas zu sagen, also fuhr Dan gleich fort.

"Das Programm ist so gut, dass ich nur angeben musste, wie ich mir die ideale Frau vorstelle, und so hat er dich gefunden. Und deine Adresse, dein Geburtsdatum, einfach alles gleich mit. Eigentlich ganz einfach", lachte er.

Ich fühlte mich vollkommen überfahren. Dass ich die perfekte Frau für irgendjemanden sein sollte, war schmeichelhaft. Aber dass mich ein Computer ausgewählt hatte, fand ich beinahe unheimlich. *Warum ausgerechnet ich?* dachte ich wieder und wieder.

Während ich noch meinen Gedanken nachhing, tauchte plötzlich in der Mitte des Raumes ein weiblicher Körper auf. Tatsächlich ein Hologramm. Die Augen der Figur leuchteten wie Scheinwerfer. Es wirkte wie aus einem Science-Fiction-Film entsprungen. Ich war völlig fassungslos und zu keiner Bewegung fähig. Meine Hände zitterten unkontrolliert, als ich die künstliche Stimme hörte.

"Sir, brauchen Sie etwas?"

"Scosta, verschwinde und lass uns in Ruhe!", zischte Dan dem Hologramm zu, das sich daraufhin ohne ein weiteres Wort auflöste.

"Entschuldige, Daisy, wenn es dich erschreckt hat. Manchmal sind die Hologramme wie die Menschen, nämlich aufdringlich."

"Aufdringlich? Dan, ich habe Angst vor diesem Hologramm!", sagte ich empört.

"Es wird nicht mehr vorkommen, bitte entschuldige nochmals", sagte mein Gastgeber.

Aber die Stimmung war dahin. Bis jetzt hatte ich den Abend genossen, und auch Dans Bemühen hatten mich nicht kalt gelassen. Wer weiß, wo dieser Abend hätte enden können … aber nun war ich ernüchtert.

Diese Vorführung hatte mir wirklich Angst eingejagt, und ich wollte nur noch weg. Dan versuchte mich zu beruhigen und streichelte mir die Schulter und mit der Hand übers Gesicht.

"Bitte beruhige dich, Daisy, ich verspreche, das wird nicht mehr vorkommen", sagte er leise. Seine Worte zeigten Wirkung, und meine Anspannung ließ nach.

Wir unterhielten uns noch eine Zeitlang, und langsam kehrte die unbeschwerte Stimmung zurück, die ein wenig auch auf den Alkohol zurückzuführen war. Wie man durch das offene Fenster hörte, schienen sich die Gäste draußen ebenfalls weiterhin zu amüsieren.

Viel später zog mich Dan auf die Füße und führte mich über den Korridor in ein Schlafzimmer.

"Das ist mein Zimmer", sagte er, "und es wird auch deines sein, wenn du möchtest."

Ich war mittlerweile wohl zu betrunken, um noch irgendetwas zu bemerken, lachte nur und fiel angezogen auf das breite Bett. Ich registrierte noch, dass Dan sich ebenfalls vollständig bekleidet neben mich legte und mit seinem Arm meine Taille umfasste, dann gingen die Lichter aus.

Kapitel 3

Die hellen Strahlen der Herbstsonne fielen auf mein Bett und veranlassten mich, langsam die Augen zu öffnen. Mein Kopf schmerzte ein wenig und ich brauchte ein wenig, um zu mir zu kommen und zu realisieren, wo ich war. Dann streckte ich die Hand nach Dan aus, griff aber ins Leere.

"Dan, wo bist du?", murmelte ich schläfrig und setzte mich auf. Mein Gastgeber war nicht zu sehen. Ich sprang aus dem Bett und ging zur Tür. Ich schaute hinaus auf den langen Korridor, aber auch dort war niemand zu sehen. Unschlüssig ging ich ins Zimmer zurück. Erst jetzt entdeckte ich die rote Rose auf dem Bett, wo Dan gelegen hatte.

Ein weißer Umschlag lag darunter. Ich nahm ihn in die Hand und öffnete ihn.

Ein handgeschriebener Zettel kam zum Vorschein.

"Liebe Daisy, bitte verzeih mir, dass ich so schnell verschwunden bin, aber ich habe eine wichtige geschäftliche Besprechung. Ich hätte dir so gern das Frühstück ans Bett gebracht, aber das geht leider nicht. Aber so kannst du wenigstens in Ruhe über alles nachdenken, was wir gestern besprochen haben – auch wenn wir ein wenig betrunken waren ..." Ein unbeholfen gemalter Smiley folgte. *"Wenn du etwas brauchst, kannst du meine Bedienstete anrufen, die Telefonnummer findest du unten. Sie wohnt nicht hier, wird aber innerhalb von wenigen Minuten da sein. Ich werde wahrscheinlich heute Abend oder morgen früh zurück sein. Bitte mach es dir gemütlich. Ich küsse dich. Dan."*

Das war vollkommen unwirklich. Ich befand mich auf dem Landsitz eines mehr oder weniger berühmten Mannes, der mich offensichtlich begehrte und noch irgendetwas anderes mit mir vorhatte, hatte die Nacht mit ihm verbracht, wenn auch vollständig angezogen, und sollte jetzt hier wie seine Frau auf ihn warten, bis er von seinen Geschäften zurück war. Das war alles sehr verwirrend für mich.

Ich ging hinunter in die Halle und von dort hinaus in den Innenhof, wo in der Nacht zuvor die große Party stattgefunden hatte. Es war kein Mensch zu sehen, sämtliche Lampions und Stehtische waren verschwunden, alles war sauber aufgeräumt, so als ob das rauschende Fest nie stattgefunden hätte.

Als ich um die Hausecke bog, sah ich von weitem die Frau, die uns am vergangenen Abend angesprochen hatte. Sie war gerade dabei, in ihr Auto zu steigen. Ich lief, so schnell ich konnte, über den Hof zu ihr.

"Warte, Beata, ich muss mit dir reden!", rief ich in das Brummen des startenden Motors hinein. Als Beata mich sah, riss sie erschrocken die Augen auf. Durch das geschlossene Fenster und über den Lärm des Motors hinweg rief sie mir zu:

"Was machst du noch hier? Willst du auch zu den entführten Mädchen gehören?"

Und mit durchdrehenden Rädern, die den Kies der Einfahrt nach hinten schleuderten, raste sie vom Hof.

Ich stand da wie vom Donner gerührt. Was hatte das zu bedeuten? Was wollte mir Beata mitteilen? Warum wirkte sie so panisch? Und wie war es möglich, dass nach der rauschenden Party gestern Nacht kein Mensch mehr zu sehen und das ganze Anwesen so sauber war, als ob das Fest nie stattgefunden hätte? Hatte ich den gestrigen Abend nur geträumt? War ich so betrunken gewesen, dass ich die gesamte Aufräumaktion nicht mitbekommen hatte? Und wenn ich so betrunken war, was war womöglich zwischen Dan und mir passiert?

Plötzlich klingelte das Telefon in der Villa. In der Hoffnung, es sei Dan, mein abwesender Gastgeber, rannte ich schnell hinein und nahm den Hörer ab. Atemlos rief ich *Hallo,* doch ich hörte nur ein seltsames Zischen. Auch das noch, dachte ich in meiner Panik und legte zitternd wieder auf. Dieser Alptraum wird ja immer schlimmer.

Im nächsten Moment klingelte das Telefon erneut. Ich überlegte, ob ich es wagen sollte, den Hörer wieder abzunehmen, aber letztlich musste ich doch herausfinden, was hier eigentlich los ab. Ich nahm ab.

"Hallo?"

"Daisy? Hier ist Maggie. Was war das eben? Ich habe schon mal angerufen, dann nahm jemand ab, atmete schwer, und das Gespräch war beendet. Ich habe alles Mögliche versucht, an diese Telefonnummer zu kommen, um zu hören, ob es dir auch gut geht. Mein Freund Mark hat mir die Nummer schließlich besorgt. Wie geht es dir? Wie hast du die letzte Nacht verbracht? Ich will jedes Detail wissen! Wie sieht der Regisseur aus?" Maggie redete wie ein Maschinengewehr.

"Maggie, hol doch mal Luft, ich kann mir deine Fragen doch gar nicht alle merken", sagte ich unwirsch. "Außerdem hast du mich eben zu Tode erschrocken mit deinem Anruf."

"Warum denn das?", fragte meine beste Freundin alarmiert. "Was ist denn los? Komm, erzähl schon."

Und so erzählte ich ihr alles, angefangen von der Taxifahrt mit der Panne im Niemandsland bis zu der überstürzten Abreise der abgehalfterten Schauspielerin Beata.

Maggie hörte sich alles geduldig an, und als ich sie fragte, was zum Teufel ich jetzt tun solle, sagte sie:

"Ich denke, du solltest dort bleiben und auf Dans Rückkehr warten. Ich bin sicher, er kann dir alles erklären, und dein Job hier in der Bar wird auch auf dich warten. Hab einfach ein wenig Geduld und mach dir keine Sorgen. Sicher gibt es für alles eine Erklärung. Sieh es einfach so, dass das Ganze vielleicht deine große Chance ist, die du nicht einfach wegwerfen solltest."

Ihre Worte beruhigten nur wenig. Sie steckte ja nicht in meiner Haut und konnte leicht reden. Als ich nicht gleich antwortete, fuhr sie etwas sanfter fort.

"Du wirst Erfolg haben, Daisy, hab nur ein wenig Geduld. Alles wird gut. Und wenn du willst, komme ich dich besuchen, sobald ich kann, okay?" Dann verfiel sie wieder in ihre übliche Hektik und verkündete mir, sie müsse jetzt Schluss machen. Wir verabschiedeten uns und legten auf.

Ich beschloss, die Gelegenheit zu nutzen und die Villa genauestens zu erkunden.

Vorher muss ich mir aber noch etwas Essbares organisieren. Die Haushälterin wollte ich nicht anrufen, also ging ich zunächst in die Küche. Diese war genauso eingerichtet, wie ich es mir immer erträumt hatte, mit einer Kochinsel in der Mitte und Sitzgelegenheiten wie in einer Bar. Das Holzfurnier war in einem edlen, dunklen Grau gehalten und verlieh dem Ganzen ein überaus vornehmes Ambiente, ohne protzig zu wirken. *Dieser Dan hat Geschmack,* dachte ich bei mir und fühlte mich wieder ein wenig ruhiger.
Ein blitzender, fast zwei Meter hoher Kühlschrank aus Edelstahl stand in der Mitte. Auf der Arbeitsplatte direkt daneben fand ich eine Packung Toastbrot und im Vorratsschrank darüber verschiedene Sorten Tee. Ein Blick in den Kühlschrank bestätigte mir, dass von Butter über Marmelade bis hin zu Wurst und Käse alles da war, was zu einem guten Frühstück gehörte. Auch eine Flasche Orangensaft fand ich. Ich benutzte den Wasserkocher

auf der Anrichte und kochte mir Tee. Währenddessen das Wasser sich erhitzte, steckte ich gleich vier Scheiben des eckigen Vollkorn-Weißbrots in den Toaster.

Als alles fertig war, setzte ich mich auf einen der überraschend bequemen Barhocker und begann mit dem Frühstück. Der warme Tee und der Zucker in der Marmelade beruhigten meine Nerven sofort, wenngleich ich die ganze Zeit ein wenig in Sorge war, dieses beängstigende Hologramm könnte plötzlich erscheinen oder auch nur seine Stimme.
Ich dachte an Dan. Es war irgendwie surreal, dass ein so bekannter, reicher und attraktiver Mann allein in dieser Traumvilla lebte, ohne eine Frau an seiner Seite. Und konnte es wirklich sein, dass er an mir Aschenputtel interessiert war? Wir lebten doch in völlig verschiedenen Welten, und auch beim Alter stammten wir aus unterschiedlichen Generationen. Meine Gedanken überschlugen sich nur so.
Plötzlich hörte ich eine Stimme. *Oh nein, das Hologramm,* dachte ich alarmiert.

Ich umfasste meine Tasse mit Tee so fest ich konnte und ging in den Korridor hinaus.

"Daisy, Daisy", hörte ich erneut die Stimme, die irgendwie klang wie ein Echo, weit weg wie ein Schatten in dunkler Nacht. Es war aber niemand zu sehen.

Mein Herz klopfte bis zum Hals, als ich leise, wie über rohe Eier, den langen Korridor entlangging, dem Ursprung der Stimme entgegen.

Oh Gott, was ist das? flüsterte ich leise. Ich traute meinen Augen nicht. Irgendetwas huschte die Treppe hinunter und durch die Tür hinaus auf den Hof. Es war kein Mensch, es war überhaupt nichts, was ich als Lebewesen bezeichnet hätte. Es sah auch nicht aus wie das Hologramm von letzter Nacht. Trotz meiner panischen Angst begann ich hinter dem Wesen herzulaufen. Ich erreichte die Eingangstür und sprang die Treppenstufen hinunter auf den Innenhof. Das unheimliche Wesen war nicht mehr zu sehen. Als ich unschlüssig und ängstlich an die Außenwand gelehnt dastand, fühlte ich plötzlich, wie etwas meinen Oberarm umklammerte.

Als ich aufsah, konnte ich einen Schrei nicht unterdrücken. Es war ein Rosenzweig, der mich da umklammerte. Und wieder hörte ich das Rufen dieser unwirklichen Stimme, und es schien direkt aus den Rosen zu kommen. Ich war starr vor Entsetzen.

In diesem Moment unterbrach eine Autohupe das Rufen der Rosenzweige und mein ver-ängstigtes Schreien. Im selben Augenblick hörte das Rufen auf und die Umklammerung meines Arms wurde gelöst. Es war Dan, der mit seinem schnittigen Sportcoupé auf den Hof gefahren kam. Als er ausgestiegen war, rannte ich zu ihm und warf mich in seine Arme. Tränen flossen über meine Wangen, und ich brachte kein Wort heraus.
"Hey, was ist los, Liebes?", fragte Dan. "Was ist mit dir? Ist alles in Ordnung? Ich wollte dich nicht so lange alleinlassen, also habe ich mein Meeting so kurz gehalten wie möglich und bin hergefahren, so schnell ich konnte.

"Oh Dan, wie gut, dass du wieder da bist!",
schluchzte ich und fing an, ihm alles zu erzählen.

Er hörte mir geduldig zu, aber als ich die Be-
gebenheit mit dem Rosenzweig erwähnte,
löste er sich von mir und sah mich zweifelnd
an. Weil ich spürte, dass er mir nicht glaubte,
warf ich mich herum und rannte die Treppe
hinauf, um meine Tasche zu packen. Dan
kam hinter mir her und fasste mich am Arm.

"Daisy, was tust du da?", fragte er. "Bitte hör
auf damit. Lass uns wie Erwachsene darüber
reden. Ich glaube dir ja, dass manches von
dem, was du heute Morgen erlebt hast, unheimlich für dich war, aber ein Rosenzweig,
der mit dir redet und dich umklammert? Du
bist übermüdet, und das gestern Abend war
zuviel für dich, aber das alles ist nicht real,
bitte versteh das. Und sieh, was ich dir mitgebracht habe: deinen ersten Text für deine
Rolle als Schauspielerin. Was sagst du
dazu?"

Er hielt mir ein schlichtes, dicht bedrucktes
Blatt hin.

Ich achtete nicht darauf. Hatte ich mir das, was geschehen war, alles nur eingebildet? War es vielleicht nur ein Alptraum gewesen? Ich war völlig verunsichert. Aber immerhin war Dan wieder da. Ich straffte mich und sagte:

"Dan, dir ist klar, dass ich ein ungebildetes Mädel vom Land bin und keinerlei Schauspielausbildung habe. Wie soll das also funktionieren?

Und außerdem, wir sind so verschieden, und du bist so viel älter als ich, wie soll das gehen mit uns?"

"Daisy, an Gelegenheiten, eine Frau zu finden, hat es bei mir nie gemangelt", sagte Dan, ohne dabei in irgendeiner Weise überheblich zu wirken. "Aber die Richtige zu finden, darauf kommt es an.

Und dann spielt das Alter keine Rolle mehr. Es geht nur um die Richtige. Sieh, meine Eltern waren auch Schauspieler, mein Vater war alkoholabhängig und hat meine Mutter oft misshandelt. Beide Eltern sind ganz jung und auf dem Höhepunkt ihrer Karriere gestorben, und ich bin bei einer Tante aufgewachsen. Als auch die an einer Knochenerkrankung gestorben ist, war ich noch ein Teenager und stand ganz allein da. Ich habe zwar viel Geld geerbt, aber auch viel aus eigener Kraft erreicht, und wenn ich es haben will, dann bekomme ich es auch."

Dans Erzählung rührte mich erneut zu Tränen, und seinen letzten Satz empfand ich überhaupt nicht als bedrohlich. Ich schmiegte mich an ihn und küsste ihn. Er erwiderte den Kuss, und plötzlich fielen alle Schranken.

Wir liefen engumschlungen hinein ins Haus, die Treppe hinauf ins Schlafzimmer und sanken auf das breite Bett.

Danach fühlte ich mich entspannt, beruhigt und geborgen. In diesem Moment erschien mir alles unwirklich, das unheimliche Hologramm, der Rosenzweig, dessen angebliche Umklammerung übrigens keinerlei Spuren in meiner Haut hinterlassen hatte. Vielleicht war es wirklich nur ein böser Traum gewesen. Vielleicht war es einfach so, dass mich all das Neue überwältigt hatte.

Ich wollte nicht mehr darüber nachdenken und stattdessen einfach den Augenblick genießen.

Ich bin jung und will mein Leben genießen, und das tue ich jetzt, dachte ich und schmiegte mich an Dans nackte Brust.

Kapitel 4

Abends führte mich Dan in ein erstklassiges Restaurant in der Nähe zum Essen aus. Das Ambiente wirkte vornehm und gediegen, es war leise klassische Musik zu hören und Dan und ich wurden überaus zuvorkommend behandelt und zu einem Tisch in einer ruhigen Nische geführt.

Nach einem leckeren mediterranen Vorspeisenteller, den wir uns teilten, bestellte Dan in Knoblauch eingelegte Garnelen, während ich mich für einen Teller mit gegrilltem Gemüse entschied. Das ist etwas anderes als Sandwiches und Hamburger in Jonnys Bar, dachte ich und schalt mich sofort für diesen Anflug von Überheblichkeit.

Zum Hauptgang gab es einen Rotwein, der die tiefe Farbe dunklen Blutes hatte und vorzüglich schmeckte.

"Zum Lohn die Sünd'? O Vorwurf, süß erfunden! Gebt sie zurück!", sagte Dan plötzlich.
"Wow, was war denn das?", fragte ich begeistert. "So schöne Worte. Wie die Worte, so der Mann."
Dan schaute mich zärtlich an.
"Ich wusste, du hast Talent. Wie schön du das gerade gesagt hast."
Und er beugte sich zu mir, um mich zu küssen.
"War das Poesie, Dan?", fragte ich, als wir uns wieder voneinander lösten.
"Ja, meine Liebe, das war Poesie, aber nicht von mir, sondern von dem größten Poeten aller Zeiten, Shakespeare. Hast du Romeo und Julia gelesen?"
Ein bisschen fühlte ich mich beleidigt.
"Dan, ich bin zwar ungebildet, aber ein paar Dinge habe ich auch gelesen", sagte ich etwas schärfer als beabsichtigt.

"Verzeih mir, Schatz, so hatte ich es nicht gemeint", sagte Dan zerknirscht und hob sein Glas.

"Auf uns, meine Liebe."

Wir stießen an, lachten über das helle Klingen der Weingläser, tranken und küssten uns erneut.

Dann rief Dan den Kellner und bestellte Butterscotch und Pancakes sowie Kaffee für uns beide.

Ich genoss den Augenblick total; scheinbar war ich dabei, mich in meinem charmanten, attraktiven Regisseur zu verlieben. Lediglich an seine zärtlichen Worte wie Liebes oder Schatz musste ich mich wohl noch gewöhnen.

Dan rezitierte wieder klassische Poesie, als stünde er vor einer Kamera:

"Alles schmilzt in der Dunkelheit; mit nur einem Kuss bringst du mich ins Grab."

"Wow, wieder großartig!", schwärmte ich. "Von wem ist das?"

"Das ist von mir, Schatz", sagte Dan und lachte. "Nur von mir."

Das diskrete Räuspern des Kellners unterbrach uns. Wir genossen das hervorragende Dessert. Nach dem letzten Bissen in die leckeren süßen Köstlichkeiten sahen wir uns in tief in die Augen. Es war offensichtlich, woran wir nun beide dachten. Dan hob die Hand, ohne den Blick von mir abzuwenden, und verlangte mit heiserer Stimme die Rechnung. Wir hatten nur noch Augen füreinander und bekamen überhaupt nichts

von dem Kommen und Gehen in diesem Nobelrestaurant mit. Irgendwie schaffte es Dan, sich so lange von mir loszureißen, bis er den Kassenbeleg unterschrieben hatte. Dann gingen, nein, rannten wir regelrecht hinaus zum Auto. Dan startete den Motor und fuhr los, als würden wir von Gangstern verfolgt. In diesem Moment ging meine Fantasie mit mir durch, und Dan erschien mir wie ein gutaussehender Prinz, der einem feurigen Pferd die Sporen gibt.
Wir schafften es nur noch bis auf den Innenhof der Villa. Dort bremste Dan vehement ab, und wir liebten uns noch im Auto.

Durch die Windschutzscheibe sah ich zum Himmel hinauf, der stockdunkel und nur von ein paar einzelnen Sternen beleuchtet seinen Mantel über unser Tun legte.

Später stiegen wir aus dem Auto und betraten die Villa.

"Es war wunderschön", sagte ich lächelnd zu Dan und lehnte den Kopf an seine Schulter. Dan lächelte mich ebenfalls an und sagte zärtlich:

"Gleichfalls."

Wir gingen sofort nach oben und legten uns zum Schlafen ins Bett.

Ich legte meinen Kopf auf Dans Brust und war im nächsten Moment eingeschlafen.

Irgendwann – ich wusste nicht, ob ich träumte oder wach war – hörte ich eine Stimme, die meinen Namen rief. Ich schlug die Augen auf und schaute zur Uhr auf dem Nachttisch. Halb zwei in der Nacht.

"Dan", murmelte ich verschlafen und tastete mit dem Arm auf die andere Bettseite.

Dan war nicht da. Sofort bekam ich Angst. Und wieder hörte ich die Stimme, wie am vorhergehenden Tag. Ich stand auf, zog meinen Bademantel an und ging hinaus in den Flur. Und wie am Morgen zuvor sah ich am Ende des Korridors wieder dieses schattenhafte Wesen, das gleich wieder verschwand.

Ängstlich ging ich den Korridor entlang, bis ich zu einer halb geöffneten Tür gelangte, aus der ungleichmäßige Lichtblitze nach außen schienen. Mein Herz klopfte wie wild, als ich mich der Tür näherte. Plötzlich hörte ich einen Schrei, der mir das Blut in den Adern gefrieren ließ. *Wie ein Geist aus einem Grab heraus,* dachte ich.

Als ich wie erstarrt in der Tür stehenblieb, hörte ich eine sanfte Stimme aus dem Inneren des Raums.

"Hey, Daisy."

"Dan, bist du das?", fragte ich vorsichtig und drückte die Tür weiter auf. Dann ging das Licht an und ich sah Dan in einem Sessel sitzen.

"Du bist aufgewacht? Habe ich dich etwa geweckt? Komm zu mir, Liebes", sagte er sanft und streckte die Hand nach mir aus. "Setz dich zu mir. Ich schaue mir gerade Teile des

Films an, den ich zuletzt gedreht habe und der in drei oder vier Monaten ins Kino kommt."

An der vorderen Wand des Zimmers hing eine riesige Leinwand. An der Decke war ein Beamer angebracht, der den Film auf die Leinwand projizierte. Als Dan sah, dass ich nach wie vor zitterte, nahm er eine Fernbedienung und schaltete den Projektor aus.

"Dan, ich bin aufgewacht, weil ich wieder diese Stimmen gehört habe. Dann warst du nicht da, und ich bin aufgestanden. Und dann habe ich auf dem Korridor wieder diesen unheimlichen Schatten gesehen wie gestern."

"Mein Liebling, es ist alles gut. Du bist einfach zu schreckhaft. Es gibt nichts, wovor du Angst haben musst. Wahrscheinlich hast du mich gesehen, als ich eben hier reingegangen bin. Ich hatte mir unten etwas zu trinken geholt. Und die Stimmen kommen von dem Film, also sei unbesorgt."

Dans sanfte Stimme beruhigte mich nur ein wenig.

Was ist nur mit mir los, dachte ich. *Habe ich Halluzinationen oder sowas? Werde ich langsam verrückt? Was passiert mit mir?*

"Dan, worum geht es in diesem Film?" fragte ich. "Darf ich den mit dir schauen?"

"Nein", sagte Dan mit Entschiedenheit, "nicht in deinem jetzigen Zustand.

Wenn sich deine Angst ein wenig gelegt hat, schauen wir ihn uns gemeinsam an, okay?"

"Ist es ein Horrorfilm? Dann will ich ihn gar nicht sehen", sagte ich.

"Kein Horrorfilm. Aber er enthält schon ein paar beängstigende Szenen. Wie sie das Publikum halt mag. Aber komm, lass uns wieder ins Bett gehen."

Er schaltete die Anlage endgültig aus, legte mir den Arm um die Schultern und führte mich zurück ins Schlafzimmer. Als wir uns ins Bett gelegt hatten und mein Kopf auf seiner Brust ruhte, sagte er:

"Morgen muss ich wieder auf eine Geschäftsreise. Diesmal wird es ein paar Tage dauern. Meinst du, du kannst es ohne Angst hier aushalten? Vielleicht kannst du dich damit ablenken, den Text, den ich dir mitgebracht habe, zu lernen. Was sagst du dazu?"

"Mal sehen", murmelte ich. "Jetzt lass uns schlafen."

"Okay, dann gute Nacht", sagte Dan und küsste mich, bevor ich mich auf meine Seite zurückrollte.

Ich war todmüde und hellwach zugleich. Die Gedanken schossen nur so durch meinen Kopf. Was ich in den letzten Tagen erlebt hatte, war gleichermaßen verführerisch und verwirrend sowie furchterregend. Außerdem fragte ich mich, ob ich tatsächlich in der Lage sein würde, als Schauspielerin zu arbeiten und vor Menschen aufzutreten, ja auch nur einen langen Text auswendig zu lernen.

Irgendwann siegte letztlich doch die Müdigkeit über das Gedankenwirrwarr in meinem Kopf, und ich schlief tief und traumlos bis zum Morgen.

Kapitel 5

Erfreulicherweise war Dan diesmal noch da, als ich aufwachte. Noch bevor ich sein "Liebling, ich habe dir Frühstück gemacht!" hörte, registrierte ich den verlockenden Duft von Rosentee und gebratenem Schinken. Dan hatte ein großes Tablett mit Standfüßen mitgebracht, das er mir ins Bett stellte, nachdem ich mich aufgesetzt hatte.

"Allerdings muss ich jetzt gehen", verkündete er. "Wenn du irgendetwas brauchst, ruf das Dienstmädchen an. Und wenn du willst, kannst du dir Essen kommen lassen. Die Nummern findest du unten in der Küche. Ich habe ein Konto beim Lieferservice, du kannst also bestellen, was du willst."

Mit diesen Worten küsste er mich ein letztes Mal auf die Stirn und verließ das Zimmer.

An der Tür warf er mir noch eine Kusshand zu und verschwand. Ich seufzte und machte mich über das leckere Frühstück her. Es schmeckte herrlich, Schinken und Eier waren perfekt und der Toast ebenfalls. *Was für ein Leben,* dachte ich, hier könnte man sich dran gewöhnen. *Das ist etwas anderes, als in Jonnys Bar zu arbeiten. Da fällt mir ein, nachher muss ich unbedingt Maggie anrufen.*
Trotzdem fühlte ich mich nicht wirklich wohl in meiner Haut, und das lag nicht nur daran, dass ich Dan schon jetzt vermisste. Ob das einfach ein zu großer Sprung für mich Mädel aus dem Waisenhaus war?
Als ich das Frühstück beendet hatte, duschte ich, zog mich an und trug das Tablett hinunter in die Küche. Ich ging hinaus und schlenderte im Morgenlicht durch den wunderschön gestalteten Innenhof. Die Herbstsonne wärmte wunderbar, die Ruhe tat mir gut, und überhaupt erweckte das Ambiente mit den vielen Rosen den Eindruck, als wäre man im Paradies. Es war wie Magie.

Und seltsamerweise blühten die Rosen weiter in vollem Rot, obwohl es doch längst Herbst war.

Dann hörte ich Motorengeräusch. Ein kleiner Lieferwagen fuhr in den Hof. Da mir Dan erklärt hatte, dass das Anwesen vollständig kameraüberwacht war und nur Fahrzeuge durch die Schranke kamen, deren Kennzeichen registriert war, brauchte ich keine Angst zu haben. Vermutlich war es der Lieferservice des örtlichen Supermarktes.

Das Auto fuhr schwungvoll in einem Halbkreis bis vor die Tür der Villa und ein junger Mann sprang federnd heraus.

"Lieferung für Mr. Black!", rief er mir zu. "Ich bringe es wie immer gleich in die Küche, okay?"

Ich konnte nur nicken, aber da hatte der Junge bereits einen Karton aus dem Kofferraum geholt und war die Treppe hinaufgejoggt. Nach kurzer Zeit kam er mit dem leeren Karton wieder heraus. Er verstaute diesen wieder im Laderaum und machte Anstalten, wieder ins Auto zu steigen. Dann hielt er inne und schaute mich an.

"Ist etwas?", fragte ich leicht verunsichert, aber nicht unfreundlich.

"Nein, nein, alles in Ordnung", antwortete der junge Mann.

"Ich habe Sie nur noch nie hier gesehen, das ist alles. Haben Sie gehört, dass schon wieder ein Mädchen aus der Gegend vermisst wird?"

"Nein, davon habe ich nichts gehört", sagte ich. "Weiß man denn Genaueres? Hat die Polizei schon eine Spur?"

"Keine Spur, keine Leiche, nichts. Das alles ist höchst seltsam", sagte der Junge. "Naja, ich fahre dann mal. Wenn Sie irgendetwas brauchen, einfach anrufen. Ich bin jederzeit für Sie da. Auch wenn Sie mit mir essen gehen wollen."

Er grinste und reichte mir einen Zettel mit einer Telefonnummer.

Ich musste lachen.

"Hey, du bist ganz schön eingebildet. Wie kommst du darauf, dass ich mit dir ausgehen würde?", fragte ich.

Er winkte nur grinsend, sprang ins Auto und fuhr mit durchdrehenden Rädern davon.

Seinen Namen hat er mir aber nicht gesagt, dachte ich und betrachte den Zettel mit der Telefonnummer, bevor ich ihn einsteckte. *Aber was denke ich überhaupt darüber nach?* Ich schüttelte den Kopf und setzte meinen Spaziergang durch den Innenhof fort.

Es war wirklich wunderschön hier, aber schon jetzt fühlte ich mich einsam. Ich sollte mich beschäftigen. Vielleicht wäre es wirklich gut, mich einmal mit dem Text zu befassen, den Dan für mich vorgesehen hatte. Vielleicht besaß ich ja Talente, von denen ich nichts wusste, und ich konnte das wirklich lernen. Schon Dan zuliebe sollte ich es versuchen.

Ich ging ins Haus zurück, holte mir die Aufzeichnungen, brühte mir eine neue Tasse Tee und setzte mich anschließend an eine geschmackvoll gestaltete Sitzgruppe aus Holz neben einem kleinen Naturteich am Ende des Grundstücks.

Ich begann, mir den Text laut vorzulesen.

"Hilf mir, meine Liebe, dem Tod zu entkommen. Es gibt keinen Platz in meinem Herzen für eine andere Liebe."

Ich war beeindruckt von der Wortwahl, stellte aber fest, dass die Rolle, die Dan mir offenbar zugedacht hatte, ziemlich traurig war. Ich war mir nicht sicher, ob mir das gefallen würde, und ich hatte ja sowieso nie den Wunsch gehabt, Schauspielerin zu werden. Nein, das konnte so nichts werden.

Ich hörte auf zu lesen und beschloss, mit Dan nach seiner Rückkehr zu reden.
Aber vielleicht konnte ich mir ja den Film anschauen, den er zuletzt gedreht und in der letzten Nacht angeschaut hatte. Vielleicht konnte ich mir dann besser vorstellen, welche Art Filme er machte.
Und sofort sprang ich auf und lief in den wie ein Privatkino eingerichteten Raum. Ich nahm die Fernbedienung in die Hand und versuchte, den Beamer einzuschalten.
"Sie sind nicht autorisiert!"
Die roboterhafte Stimme des Hologramms ging mir durch und durch. Meine Haare standen zu Berge und ich begann zu zittern. Sofort fiel mir der unheimliche Schatten wieder ein und die Stimme, die meinen Namen gerufen hatte. Ich ließ die Fernbedienung fallen

und rannte hinunter in den Hof. Die Rosenzweige hingen ruhig an den Wänden, und
niemand rief nach mir. Trotzdem wurde ich
nicht ruhiger. *Warum bin ich noch hier?
Habe ich mich so sehr in Dan verliebt? Ist
es, weil ich meinem Leben unbedingt eine
neue Wendung geben will? Ist das alles vor-
herbestimmt und in mein Lebensbuch ge*

*schrieben? Muss ich diese Rolle vielleicht
wirklich spielen?*
In meiner Not beschloss ich, meine beste
Freundin anzurufen. Ihr Freund Mark ging
ans Telefon.
"Hallo Mark, ist Maggie da?", verzichtete ich
auf den üblichen Smalltalk mit Maggies net-
tem Lebensgefährten.
"Hi Daisy, wie sieht es aus? Wie geht es
dir?", zwitscherte Maggie fröhlich in den Hörer. Ich atmete tief durch und erzählte ihr alles, was ich erlebt hatte, ohne Punkt und
Komma. Maggie hörte zu und unterbrach
mich kein einziges Mal. Als ich fertig war,
sagte sie:
"Daisy, ich weiß nicht, was ich dazu sagen
soll. Gestern habe ich noch gedacht, du bist

ein wenig überspannt, aber jetzt mache ich mir schon ein paar Sorgen um dich.

Und es ist auch nicht gut, dass du so allein bist. In der Gegend ist ja schon wieder ein Mädchen verschwunden."

"Ja, habe ich auch gehört", sagte ich schwach. "Aber hier kann zum Glück niemand so leicht rein."

"Ich würde dich so gern besuchen und dir beistehen, aber ich kann im Moment nicht von der Bar weg", sagte Maggie. "Ich vermisse dich und wünsche dir alles Gute. Überleg in Ruhe, was du tun willst, und dann hör auf dein Herz, okay?"

Nachdem wir das Gespräch beendet hatten, ging ich noch einmal hinaus. Irgendwie fühlte ich mich in dem großzügigen Hof sicherer als in der Villa. Und nun begann auch Maggie, die sonst so optimistisch war, sich Sorgen um mich zu machen. *Was soll ich nur tun,* dachte ich verzweifelt. *Ich weiß weder aus noch ein. Und dann läuft vielleicht auch noch ein Serienkiller da draußen herum, und ich bin hier ganz allein.*

Langsam wurde es dunkel, und nachdem ich mir ein kleines Abendessen bereitet hatte, setzte ich mich mit einer Zigarette und einem Glas Rotwein noch einmal an den Teich.

Als es mir zu kühl wurde, ging ich ins Haus. In einem großen Wohnzimmer im ersten Stock fand ich eine große Schallplatten-sammlung. Das gefiel mir, ich hörte viel lieber Musik als fernzusehen.

Ich fand eine Platte mit Filmmusik von Ennio Morricone. Ja, den Film hatte ich ausnahms-weise gesehen: › Der Zauber von Malèna‹. Die Musik beruhigte mich und verlieh mir wieder etwas Mut.

Ich fragte mich, warum Dan sich den ganzen Tag nicht gemeldet hatte. Ob er so beschäf-tigt war? Ich zündete mir noch eine Zigarette an und blies den Rauch in die Luft, sodass er aussah wie kleine, unterschiedliche Wolken.

In diesem Moment klingelte das Telefon. *Das ist bestimmt Dan, endlich,* dachte ich.

Es war nicht Dan.

"Hallo Miss, es tut mir leid, wenn ich störe, aber ich habe mich gefragt, ob Sie vielleicht etwas brauchen."

Es war der junge Mann, der am Morgen die Lebensmittel gebracht hatte. Noch bevor ich antworten konnte, redete er weiter.

"Ich muss mich noch dafür entschuldigen, falls ich heute Morgen den Eindruck erweckt haben sollte, eingebildet oder arrogant zu sein. Das war keine Absicht. Aber meine Einladung steht selbstverständlich. Ich kenne da ein sehr gutes Restaurant ein paar Meilen entfernt.

Es würde Ihnen sicher gefallen. Ach übrigens, mein Name ist Clark."

Auf keinen Fall! dachte ich. Was bildete sich dieser Bursche ein. Und was würde Dan dazu sagen, wenn ich, kaum als er weg war, mit einem anderen ausgehen würde? Und was, wenn ausgerechnet dieser Typ der Serienkiller war? Eigentlich wirkte er sehr nett und ruhig, aber ich kannte ihn nun mal nicht, und die Angst war einfach da. Um ihn nicht zu brüskieren, sagte ich jedoch freundlich:

"Heute Abend geht es leider nicht. Vielleicht ein andermal. Danke und gute Nacht." Mit diesen Worten beendete ich das Gespräch.

Da ich nicht mehr erwartete, dass Dan noch anrief, schaltete ich die Musik aus und ging zu Bett. Bedauerlicherweise konnte man von hier aus die Sterne nicht sehen, so wie ich es von zuhause, von meinem winzigen Apartment gewohnt war. Ich wälzte mich lange hin und her, bevor ich in einen unruhigen Schlaf fiel.

Wie beinahe jede Nacht ließ mir meine Fantasie keine Ruhe, und in meinen Träumen erschienen abwechselnd vage und deutlichere Bilder.

Kapitel 6

Es war Nachmittag. Nachdem ich endlich eingeschlafen war und die Träume abgeebbt waren, war ich einfach bis kurz vor Mittag liegengeblieben. Dann hatte ich Frühstück und Mittagessen zu einem kleinen Brunch verbunden und es mir mit einem Buch an meinem neuen Lieblingsplatz am Naturteich gemütlich gemacht.

Langsam wurde es mir jedoch langweilig, und ich beschloss, die Gegend rund um die Villa zu erkunden. Ich hatte ja, seit ich hier angekommen war, keinen Fuß mehr vor das Grundstück gesetzt.

Ich ging zu dem großen, verschnörkelten Eisentor, aber es ließ sich nicht öffnen.

Kurz hatte ich die Hoffnung, dass Dans Supercomputer mit seinem unheimlichen Hologramm mich vielleicht erkennen und hinauslassen würde, wenn ich nur in eine der Kameras schaute, aber das geschah nicht. Also ging ich zurück, um im Haus nach dem Schlüssel für das Tor zu suchen.

Da fiel mein Blick auf eine kleine, unscheinbare Tür in einer Nische zwischen dem Haupt- und einem Nebengebäude. Diese verschmolz so unauffällig mit der Wand, dass ich sie bisher nicht bemerkt hatte, obwohl ich schon einige Mal hier vorbeigelaufen war. Neben der Tür hing eine Art Gemälde, fast wie ein Fresko, das mehrere Wölfe zeigte, die mit gefletschten Zähnen scheinbar auf Beutefang waren.

Na toll, das ist jetzt genau das, was ich brauche, dachte ich, *das fehlte mir gerade noch.* Schon wieder schlug mein Herz in der Brust wie wild. Ich atmete tief durch, zwang mich zu etwas mehr Gelassenheit und versuchte, die Tür zu öffnen. Verschlossen. Nun war jedoch meine Neugier geweckt, und in einer

Aufwallung von seltenem Mut lief ich in die Küche, um ein

Messer zu holen, mit dem ich das Schloss aufbrechen könnte.

Als ich zurückkam und das Messer ansetzen wollte, merkte ich plötzlich, dass die Tür offen war.

Oh mein Gott. Mein Herzschlag pochte, mein Puls lag bestimmt bei zweihundert. Aber die Neugier sieht. So raffte ich all meinen Mut zusammen und trat ein. Das Licht, das durch die offene Tür von draußen einfiel, zeigte mir einen langen Gang. Je weiter ich in diesen hineinging, desto dunkler wurde es, bis ich schließlich nicht mehr die Hand vor den Augen sah. Einen Lichtschalter hatte ich am Eingang nicht gefunden.

"Daisy, Daisy, bitte hilf uns!"

Nun stand ich starr vor Schreck in diesem langen Gang. Da rief mich jemand um Hilfe. Jemand, der mich scheinbar kannte. Wie konnte das sein? Meine Panik wuchs ins Unvorstellbare.

Plötzlich spürte ich einen leichten Luftzug. Etwas schien wie eine leichte Brise an mir vorbeizufliegen. Dann noch eine, und noch eine. Kleine Schatten flogen um meinen Kopf herum.

"Daisy, verschwinde von hier!", hörte ich nun eine Stimme. Ganz real klang sie, nicht so wie das Hologramm im Haus oder die Stimmen, die scheinbar aus dem Rosenzweig gekommen waren.

Dann kam ein einzelner Schatten auf mich zu, glänzend wie Silber. Direkt vor meinem Gesicht verharrte er.

"Ich bin die Mutter des verfluchten Dan!", zischte sie mir zu. "Du bist in Gefahr. Er will dich töten, genauso wie er es mit mir getan hat. Verschwinde von hier. Verschwinde!"

Ich wurde beinahe ohnmächtig. Das alles war zuviel für mich. Ich warf mich herum und versuchte panisch die Tür zu finden. In der Dunkelheit prallte ich mehrmals gegen die Wand, aber schließlich sah ich einen Lichtschein, auf den ich zulief. Tatsächlich war dort der Ausgang; ich rannte hinaus in den

Hof, knallte die Tür hinter mir zu und lief ins Haus. Ich spurtete die Treppe hoch ins Schlafzimmer und warf mich aufs Bett.

Was ist los auf diesem Anwesen? Was passiert mit mir? Wer sind diese Schatten? Kann es wirklich wahr sein, dass Dan seine Mutter getötet hat und die mir jetzt als Geist erscheint?

Ich war vor Panik vollkommen aufgelöst. Was sollte ich nur tun? Ich konnte ja nicht einmal die Villa verlassen.

Moment mal! Es gab doch einen, der das konnte. Clark. Das war der rettende Gedanke! Zitternd fischte ich den Zettel mit seiner Telefonnummer aus der Tasche, und nach drei Anläufen hatte ich sie eingetippt. Schweiß tropfte aus meinem Gesicht, und meine Hände wollten nicht aufhören zu zittern.

"Ja?", tönte es nach dem ersten Klingeln aus dem Hörer.

"Clark, Clark, bist du das? Bitte komm sofort her!", stammelte ich.

"Daisy, bist du das? Was ist los?", fragte der junge Lebensmittellieferant.

Hatte ich ihm gestern meinen Namen genannt? Und woher wussten all die Stimmen und Schatten in diesem dunklen Loch von mir?

"Bitte komm schnell!", sagte ich flehend, während mir die Tränen übers Gesicht liefen.

"Okay, ich bin unterwegs", sagte Clark kurz und beendete das Gespräch.

Ich legte das Telefon hin und lief wieder hinaus.

Ich ging zum Tor und umfasste die eisernen Streben so fest, dass meine Hände weiß wurden, und schloss die Augen. Wenn doch Clark bloß bald käme.

Die Sonne begann unterzugehen. Eine leichte Brise wehte. Plötzlich hatte ich das Gefühl, es kratzte mich etwas im Gesicht. Ich öffnete die Augen und sah, wie die Rosenzweige wuchsen, immer mehr wuchsen und alles umhüllten, fast die ganze Villa. Auch mein Körper war vollständig von den Rosen umhüllt.

"Daisy, Daisy, bitte hilf uns. Wir sind hier unten!" Wieder diese Stimmen, wie eine Symphonie verlorener Seelen auf der verzweifelten Suche nach Befreiung.

Trotz meiner nicht enden wollenden Panik versuchte ich mich zusammenzureißen.

"Was wollt ihr von mir? Wer seid ihr? Bitte lasst mich gehen!"

In diesem Moment war Motorengeräusch zu hören, und gleich danach öffnete sich das Tor, und Clarks kleiner Lieferwagen erschien. Sofort war der Spuk mit den Rosenzweigen vorüber.

Clark sprang aus dem Auto und nahm mich in den Arm.

"Daisy, was ist los? Was ist mit dir? Was ist passiert? Geht es dir gut?"

"Clark, ich muss hier raus, und zwar sofort!", flehte ich hektisch.

Clark sah mich fragend an.

"Beruhige dich erst einmal, Daisy, ich bin ja bei dir. Was ist denn passiert?"

Ich begann, ihm, zusammenhanglos alles zu erzählen, was ich erlebt hatte.

"Ich konnte das Tor nicht öffnen, Clark. Ich glaube, ich bin hier drin gefangen. Das hat mit Sicherheit Dan gemacht.

Er hat irgendwelche dunklen Geheimnisse. Und vielleicht hat er seine Mutter umgebracht!", sprudelte es aus mir heraus.

Clark hatte sich alles aufmerksam angehört. Nun löste er sich von mir, ging zu einem Geräteschuppen und kam mit einer Schaufel zurück.

Was passiert denn jetzt? dachte ich. Was hat er vor? Will er jetzt mich umbringen? Ist er etwa der Serienmörder? Habe ich etwa, indem ich um Hilfe rief, meinen Mörder ins Haus geholt? Panisch schrie ich auf.

"Hei Daisy, beruhige dich", sagte Clark. Aber ich schrie weiter. Ich war sicher, jetzt würde er mich töten und verscharren, und niemand würde mich je finden. Ich schlug die Hände vors Gesicht und wartete auf den tödlichen Schlag.

Dann hörte ich, wie sich die Schaufel in den Lehmboden grub. *Oh Gott,* dachte ich, *er schaufelt mein Grab. Dann wird er mich töten und dort verschwinden lassen.* Langsam öffnete ich die Augen.

Clark stand direkt unter dem Fresko, von dem die bissigen Wölfe auf ihn hinunterstarrten, und grub wie ein Besessener.

"Hier hat vor kurzem jemand gegraben, sieh doch", rief er, "der Boden ist locker und hat eine andere Farbe."

Ich stand immer noch wie erstarrt an der Wand des Nebengebäudes. Dann hörte ich ihn aufschreien.

"Daisy, das musst du dir anschauen", sagte Clark jetzt leise, und der Schrecken war ihm anzuhören. "Hier liegt eine Leiche, weiblich und teilweise zerstückelt.

Und dort noch eine."

Ich gab mir einen Ruck und trat an das kleine Grab, das Clark ausgehoben hatte und das offensichtlich tatsächlich ein Grab war. Die erste Leiche lag auf dem Rücken. Wo früher die Augen gewesen waren, waren nur noch zwei Löcher, aus denen Würmer herauskrochen. In diesem Moment wurde mir klar, dass nicht Clark der Mörder war und ich mich nicht in unmittelbarer Gefahr befand. Es musste tatsächlich Dan sein.

Dan, mein großzügiger Gastgeber, mein fantastischer Liebhaber, ein Serienkiller.

"Clark, bitte lass uns von hier verschwinden. Bitte!", flehte ich.

Clark hatte sich aber in den Kopf gesetzt, sich zuerst noch den Raum anzusehen, in dem ich die Geister gesehen hatte. Er ging zum Auto und kam mit einer Taschenlampe zurück.

"Bleib du draußen", sagte er, "ich sehe mich da drin mal um."

Nie und nimmer wäre ich alleine da draußen geblieben. Also ging ich zitternd vor Angst hinter Clark her in das dunkle Verlies. Clark schwenkte die Taschenlampe und wir sahen uns um.

Was wir entdeckten, ließ uns das Blut in den Adern gefrieren.

Wir waren in einer Folterkammer gelandet. An den Wänden hingen Sägen und Messer mit Blutspuren. Auf einem Tisch in der Mitte eines Raumes am Ende des Ganges, in dem ich die Geister gesehen hatte, lagen Rasierklingen und Skalpelle, ebenfalls blutig.

An der Wand ein Monitor, der genauso groß war wie der in Dans Zimmer im ersten Stock der Villa, sowie eine Kamera, die auf den Foltertisch ausgerichtet war. An der Decke hing ebenfalls ein Beamer.

Clark schnappte sich die Fernbedienung und schaltete den Projektor ein, richtete sie dann auf den Recorder, der an der Wand auf einem Regal stand.

Als die Leinwand langsam hell wurde, war uns klar, was wir jetzt sehen würden. Und so war es. Wir sahen, wie ein Mädchen gefoltert wurde. Mir wurde speiübel und ich musste mich an der Wand festhalten.

Ein Blick zu Clark zeigte mir, dass es diesem nicht viel besser ging.

Und auch wenn die Gestalt, die sich über das arme Mädchen beugte und ihm die unvorstellbarsten Dinge antat, mit dem Rücken zur Kamera stand und einen weißen, allerdings blutgesprenkelten Overall mit Kapuze trug, war doch nun alles klar. Dieser verrückte Mörder war Dan Black. Alles, was er mir erzählt hatte, waren die Lügen eines psychopathischen Killers gewesen. Sein verfluchter Supercomputer mit dem furchteinflößenden Hologramm suchte mit Sicherheit gezielt nach Waisen, die niemanden hatten und infolgedessen auch nicht vermisst werden würden. Ich konnte es nicht fassen. Vermutlich handelte der Film, den er in der Nacht zuvor geschaut hatte, auch von solchen perversen Folterungen. Und vermutlich hatte er auch seine Mutter getötet, auch wenn ich mir nicht erklären konnte, wie ihr Geist mir erschienen war. Als ich noch in Gedanken versunken dastand, hörte ich hinter mir plötzlich ein Geräusch. Ich drehte mich zu Clark um und sah ihn zeitlupenhaft zu Boden sinken. Noch bevor ich mich vollständig umgedreht hatte, spürte ich, wie mich etwas in den Hals piekste. Im nächsten Moment wurde alles dunkel.

Ich war in einen tiefen Schlag gefallen. In meinen Träumen befand ich mich in einem langen, schwarzen Tunnel, alles drehte sich wie ein schwarzer Wirbel, der alles zu verschlucken drohte.

Ich kämpfte gegen diese Dunkelheit an wie Don Quijote gegen die Windmühlen, kämpfte gegen die Ängste, kämpfte um mein Leben – und gegen den psychopathischen Mörder Dan Black.

Kapitel 7

"Erstaunlich ist diese Aussicht und perfekt zum Filmen. Hier sind Romeo und Julia."

Ich wusste nicht, wie lange ich bewusstlos gewesen war, als diese Worte wie durch den Schlaf hindurch an mein Ohr drangen. Meine Augenlider waren schwer wie Blei, als ich versuchte, die Augen zu öffnen. Das helle Licht im Raum blendete mich. Ich blinzelte und versuchte, etwas zu erkennen. Ich saß auf einem Holzstuhl. Als ich versuchte, aufzustehen, merkte ich, dass ich an Händen und Füßen gefesselt war.

Mir gegenüber saß Clark, ebenfalls an einen Stuhl gefesselt. Sein Kopf hing leblos herab. Sein Gesicht war auf einer Seite blutig und verquollen. Offenbar hatte Dan ihn mit der Schaufel niedergeschlagen.

Ich dachte, er sei tot, aber dann hob er den Kopf, öffnete die Augen und sah mich an.
"Gott sei Dank, du lebst", sagte ich erleichtert.
Da hörte ich ein lautes Lachen hinter mir. Ich drehte mich um und sah den Mörder, den Psychopathen Dan Black an der dort angebrachten Kamera hantieren. Nun konnte ich mich nicht mehr beherrschen.
"Du Dreckschwein, du Psychopath. Mach uns sofort los!", schrie ich meinen einstigen Liebhaber an. Aber der lachte nur.
"Daisy, Daisy, achte bitte auf deine Wortwahl", sagte er schmunzelnd. "Solche Ausdrücke passen doch nicht zu einem Klassiker wie Romeo und Julia. Denn so heißt du ab jetzt. Julia. Und ich hoffe, du hast deinen Text ordentlich gelernt. Denn du brauchst ihn jetzt."
Mit diesen Worten nahm er ein Rasiermesser in die Hand, das auf dem Tisch neben der Kamera gelegen hatte.

Oh mein Gott, jetzt wird er uns töten, genauso wie er all die anderen getötet hat und seine Mutter.

Bevor er mit dem erhobenen Rasiermesser zu Clark ging, schaltete er die Kamera ein.

"Was soll ich dir zuerst herausschneiden, o Romeo, du edler Retter?", lachte er Clark an. "Die Zunge oder ein Auge?" Dabei lachte er wie ein Wahnsinniger.

Ich fing an zu schreien.

"Lass ihn gehen, er hat dir nichts getan, er hat mit dem Ganzen nichts zu tun!", flehte ich schluchzend.

"Ah, da haben wir unsere Julia, wie sie um Romeos Leben fleht. Das ist eine echte Liebe, wie die zwischen einer Hure und ihrem Freier", lachte Dan. Dann ritzte er in Clarks Arm, sodass dicke Blutstropfen auf den Boden fielen.

"Dan, es ist genug, ich kann nicht mehr. Was willst du von uns?", weinte ich. "Bitte lass uns gehen."

"Ich hasse euch. Ihr seid die Huren und die Sünde dieser Welt", schrie er nun unkontrolliert, und sein Speichel flog in hohem Bogen durch die Luft. Von dem attraktiven, gebildeten, distinguierten Mann war nichts mehr übrig. Nun kam er auf mich zu und hob erneut sein Rasiermesser.

"Mal sehen, was war an deinem schönen Hurengesicht ändern können."

Clark zerrte wie wild an seinen Fesseln und schrie:

"Lass sie in Ruhe, du Schwein. Hör sofort auf!"

Dan achte nicht auf ihn. Mit vor Wut glitzernden Augen baute er sich vor mir auf und ritzte mir in beide Wangen. Weil das Rasiermesser so fein war, tat es fast gar nicht weh, aber sofort rann das Blut aus den Wunden und tropfte mir auf den Schoß. Ich saß regungslos da, in totaler Schockstarre, und konnte nicht einmal schreien.

Plötzlich erbebte der Boden. Dan sah sich irritiert um. Das Licht ging aus und wieder an wie ein Blitz. Dann registrierte ich voller Entsetzen, dass das Blut, das mir immer noch die Wangen hinunterrann, nun in eine Ecke des Zimmers floss. Auch Dan, immer noch mit dem Rasiermesser in der Hand, verfolgte

den Weg meines Bluts, das so schnell in die Zimmerecke floss, als würde es von einem Vampir angesaugt, mit den Augen. Nun bekam es offenbar auch der Psychopath und Serienmörder mit der Angst zu tun.
Mein Verstand weigerte sich, zu begreifen, was als Nächstes geschah.

Aus der Zimmerecke erhoben sich Rosenzweige; sie wuchsen und wuchsen und wurden immer größer. Es sah aus, als stiege der Teufel aus einem Loch im Boden. Clark und ich starben beinahe vor Schreck und Entsetzen. Die Rosenzweige bewegten sich auf Dan zu, umwickelten ihn vollständig und zwangen ihn zu Boden. Ihre Kraft war übernatürlich.
Die Dornen der Rosen klebten an seinem ganzen Körper, durchbohrten ihn, als seien sie große Schneidmesser. Das Blut, was aus seinen Wunden trat, verschwand auf wundersame Weise, als würden die Rosenzweige es aufsaugen.
"Hilfe, bitte helft mir!", schrie Dan verzweifelt, als die Rosen ihm immer mehr zusetz-

ten. Aber abgesehen davon, dass wir vor Entsetzen starr waren, hätten wir ihm ohnehin nicht helfen können, weil wir gefesselt waren.

Überraschenderweise wurden Clark und ich von dem entsetzlichen Geschehen ausgespart. Dann spürte ich einen starken Wind, der durch den Raum fegte.

Plötzlich sah ich wieder die Geister, die um meinen Kopf herumflogen. Im nächsten Moment fielen meine Fesseln zu Boden, und ich war frei.

Sofort stürzte ich zum Tisch, griff mir ein weiteres Messer und befreite auch Clark. Wir rannten los, um aus diesem fürchterlichen Raum herauszukommen. Dan war mittlerweile vollständig zwischen den ihn umgebenden Rosenzweigen verschwunden, und seine Schreie hatten abrupt geendet.
War er tot?
"Daisy, jetzt sind wir frei. Wir danken dir so sehr!" Wieder hörte ich die Stimmen, und jetzt wusste ich, wie ich sie zu verstehen hatte. Das waren die Seelen der Mädchen, die

Dan Black so bestialisch getötet hatte, und seiner Mutter.

Erleichtert erreichen wir Clarks Lieferwagen. Als er hektisch den Motor startete, schaute ich ein letztes Mal zurück und sah, wie die Rosen an den Hauswänden verschwanden und durch Dornen und Disteln ersetzt wurden.

Zum ersten Mal seit vielen Jahren betete ich, die ich nie gläubig gewesen war.

"Allmächtiger Herr, König des Himmels und der Erde, danke, danke!" Wir waren am Leben, das war unglaublich.

Clark schaute mich an.

"Dein Gesicht!", sagte er.

"Was ist mit meinem Gesicht?", fragte ich.

"Es ist wieder heil. Die Wunden sind weg!", sagte er fassungslos.

Ich klappte die Sonnenblende des kleinen Lieferwagens herunter und sah in den beleuchteten Spiegel.

"Tatsächlich. Ich fasse es nicht. Dann griff ich Clarks Arm und stellte fest, dass auch seine Wunde verschlossen war, als wäre nie etwas gewesen.

Ich atmete tief durch. Wir waren gerettet. Wir hatten überlebt. Der schlimmste Alptraum meines Lebens lag hinter mir. Vermutlich würde uns niemand glauben, was passiert war, aber das störte uns nicht.

Als wir weit genug von der Villa weg waren, riefen wir anonym die Polizei und schickten sie mit dem Hinweis auf den Serienmörder zur Villa. Später lasen wir in der Zeitung, dass man durch DNA-Vergleiche tatsächlich alle vermissten Mädchen gefunden hatte und Dans Mutter ebenfalls. Von Dan selbst gab es keine Spur, und man nahm an, dass er sich ins Ausland abgesetzt hatte.

Uns war das egal, denn wir wussten ja, was wirklich passiert war und dass uns Dan nicht mehr gefährlich werden konnte.

Das war meine Geschichte. Die Geschichte eines kleinen Mädchens aus dem Waisenhaus, das lange Zeit einem Traum hinterhergejagt hat, der unrealistisch war, und dann lernen durfte, dass das Leben, so einfach es auch ist, immer lebenswert ist und dass es auf dieser Welt neben dem vielen Bösen auch immer noch das Gute gibt.

Ende

Dir hat das Buch gefallen?

Über eine Rezension bei Amazon oder BoD würde ich mich sehr freuen.